RIR DOUCEMENT

Le Vilain Petit Canard

Hans Christian Andersen

Texte de Nick Bromley

Illustrations de
Nicola O'Byrne

Texte français de Rose-Marie Vassallo

PÈRE CASTOR

Il était une fois une maman cane,
qui avait trois jolis canetons
et un...

Mais... Allons bon !

Qu'est-ce qui se passe ?

Je voulais te lire l'histoire
du vilain petit canard,
et voilà que...

... il y a quelque chose
dans ce livre, quelque chose
qui n'a rien à y faire !

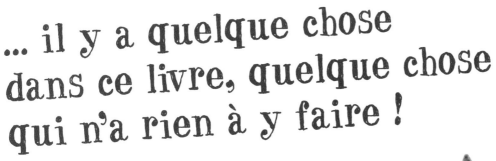

Ah !
ça a disparu,
on dirait.

Peut-être que c'est
parti ailleurs ?

Ou peut-être
que ça s'est caché !

On continue à lire quand même ?

Vraiment ?

Dans ce cas,
tournons la page
doucement,

tout
doucement...

Ma parole !
Mais c'est...

UN CROCODILE !

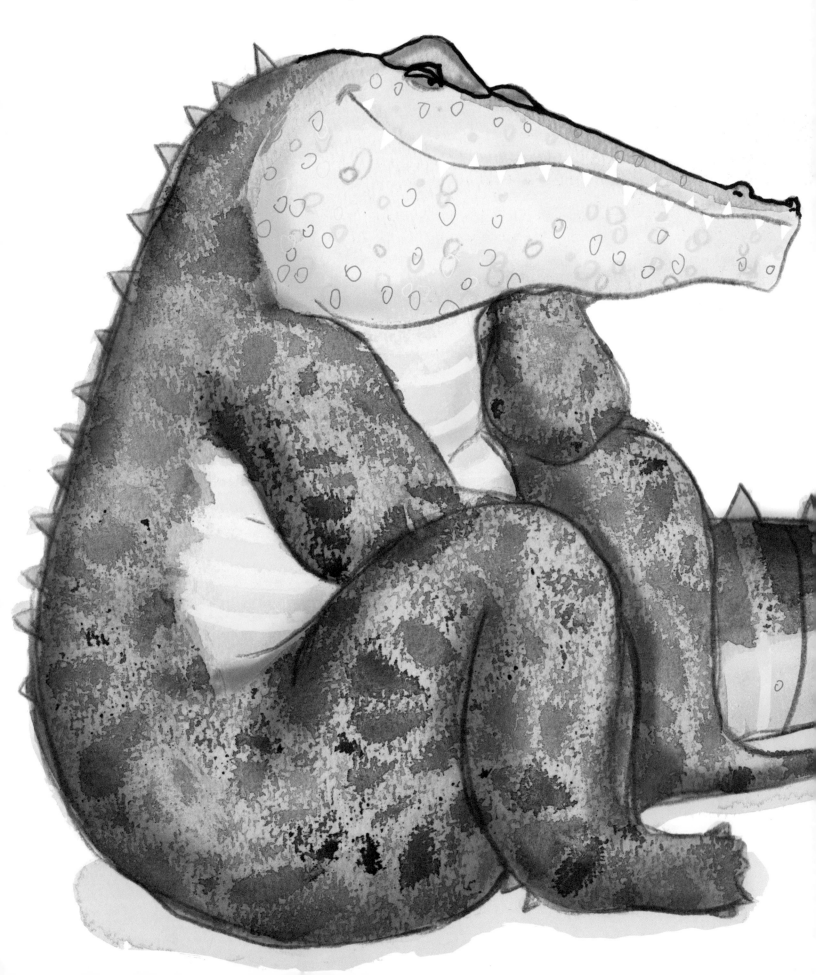

Gros ! Énorme ! Terrifiant !

Mais que fait-il
dans ce livre ?

Attention,
il pourrait te mordre le doigt.
Ou te griffer le nez très fort !

Les crocodiles
adorent faire ça,
il paraît.

Ne t'approche pas trop,
on ne sait jamais...

HOU LÀ !

Le voilà qui bouge.

Mais qu'est-ce qui lui prend ?

Il dévore les lettres !

Il doit avoir faim !

On dirait qu'il
aime surtout
les O et les S.

St p !

Mon ieur Cr c dile !
C'est interdit
de dév rer les lettres !

Oh ! et maintenant...

Un livre sans mots, c'est pour les bébés !

...S'il n'y a plus de phrases ?

Qu'allons-nous lire, nous...

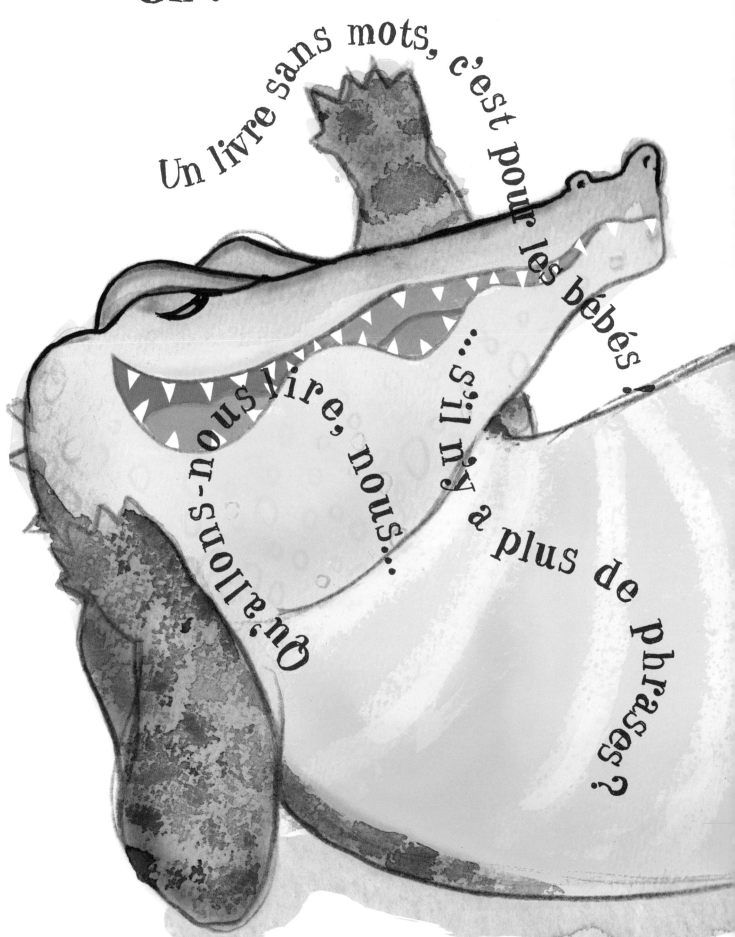

... il avale des mots,
des phrases entières !

Il faut l'en empêcher !

Peut-être
que si tu faisais
bouger le livre
d'un côté,

 de l'autre,

comme un berceau...

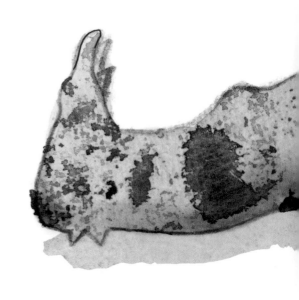

Regarde,

il a l'air fatigué...

AAAHH...
Le voilà qui dort comme un bébé.
J'ai une idée...

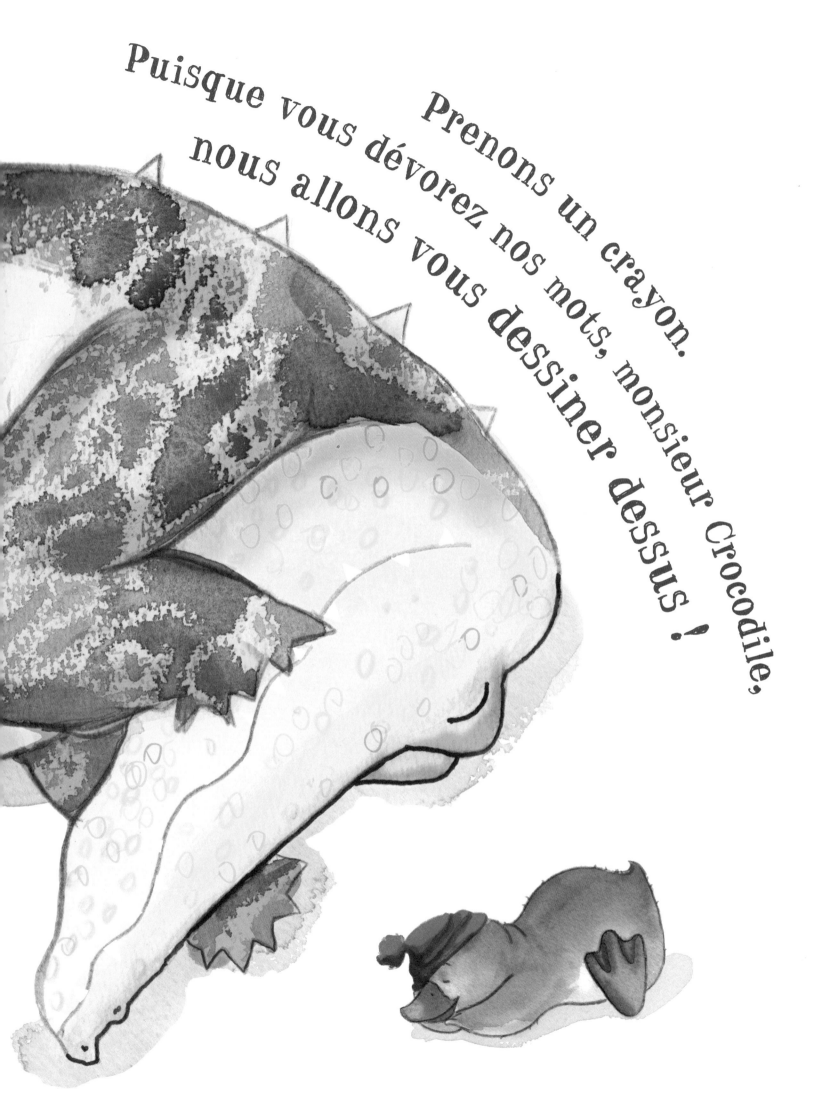

Prenons un crayon. Puisque vous dévorez nos mots, monsieur Crocodile, nous allons vous dessiner dessus !

Scritch !
Scritch !
Scritch !

Ha ! il ne fait plus très peur,

ce crocodile, maintenant !

Si, si, il fait encore
très peur, finalement !
Nos gribouillages
l'ont réveillé !

Et il n'a pas l'air enchanté
de son tutu.
Un crocodile,
ça ne fait **pas** de danse !

Je crois
qu'il a décidé
de s'en aller !

Oui, mais...

AÏE !

Oh, là là !
Qui aurait cru que c'était
si difficile de sortir d'un livre ?

Peut-être que si tu **secoues** le livre très fort, monsieur Crocodile va tomber ?

Hum... Ça n'a pas marché non plus.
Oh ! mais regarde !

Il a trouvé la solution.

Il est en train de grignoter la page !

Et voilà,
il est presque sorti !

Au revoir,
monsieur Crocodile.

Je n'ai pas eu peur du tout.
Et toi ?